UNDEAD MANSION

AF382241

LUMIEL H. NOX

Impressum:
Bibliografische Information der Deutschen Nationalbibliothek. Die
Deutsche Nationalbibliothek verzeichnet diese Publikation in der
Deutschen Nationalbibliografie; detaillierte bibliografische Daten
sind im Internet über http://dnb.d-nb.de abrufbar.
Veröffentlicht bei Infinity Gaze Studios AB
2. Auflage
März 2024
Alle Rechte vorbehalten
Copyright © 2024 Infinity Gaze Studios
Texte: © Copyright by Lumiel H. Nox
Cover & Buchsatz: Valmontbooks
Das Werk ist urheberrechtlich geschützt. Jede Verwertung außer-
halb des Urheberrechtsgesetzes ist ohne Zustimmung von Infinity
Gaze Studios AB unzulässig und wird strafrechtlich verfolgt.
Infinity Gaze Studios AB
Södra Vägen 37
829 60 Gnarp
Schweden
www.infinitygaze.com

**Hallo, mein Name ist Quinn Winters.
Und ich habe einen Pakt mit dem Tod.**

Wutentbrannt stieg ich in meinen schwarzen Mini Cooper und knallte die Tür hinter mir zu. Der Wind hatte meine dunklen Haare völlig zerzaust, und der Regen sorgte dafür, dass sie mir unangenehm nass auf der Stirn klebten. Es juckte unausstehlich und beschleunigte das Bedürfnis, frühzeitig nach Hause zu kommen. Aufgebracht strich ich sie mir aus dem Gesicht und startete den Motor. Der verbogene Autoschlüssel benötigte, wie so oft, eine extra Einladung, indem ich ihn mit einem kräftigen Ruck in die Öffnung presste. Wie schlimm würde dieser Tag eigentlich noch werden? Diese Frage stellte ich mir bereits seit heute Morgen, als mein Wecker entschied, mich nicht aus dem warmen Bett zu klingeln und ich somit den wichtigsten Termin des Jahres auf der Arbeit verpasste. Ganz zu schweigen von dem Missgeschick mit der Kaffeemaschine im Aufenthaltsraum oder dem unangenehmen Mitarbeitergespräch mit meinem Chef. Fast könnte man die Behauptung aufstellen, dass das Ganze nach einem großen, verdammten Haufen Klischee klang, und ja, irgendwie kam es mir auch so vor. Mit quietschenden Reifen verließ ich den Mitarbeiterparkplatz der Firma und düste die endlosen Landstraßen entlang.

PROLOG

Der Regen verstärkte sich zusehends, und die Sicht verschlechterte sich entsprechend. Die gigantischen Tropfen, die sich aus den düsteren Pforten der Wolken über mir auf meiner Frontscheibe ausbreiteten, machten die ohnehin schwer kontrollierbare Situation ungemein kompliziert. Angestrengt starrte ich auf die Straße und presste meine Nasenspitze förmlich gegen die Windschutzscheibe. Dunkelheit und Regen bildeten eine gnadenlose Kombination, besonders in Verbindung mit meiner miserablen Nachtsicht. Meine Augen tränten, und das Blinzeln schien ich vor lauter Anstrengung vollständig vergessen zu haben. Die Scheibenwischer kamen kaum hinterher, und ich hatte das Gefühl, beide eifrigen Helfer im Ansturm gegen den Platzregen gleich zu verlieren. Vorbildlich, wie ich nun einmal war, schaltete ich das Fernlicht meines Coopers ein, um mehr Weitsicht zu erlangen.

„Verdammter Mist!", fluchte ich lautstark. Selbst das Upgrade meiner Autoscheinwerfer konnte mir in dieser erschwerten Fahrsituation nur bedingt helfen. Zweifelsohne hatte ich keine Lust, irgendein Wild auf meiner Motorhaube mitzunehmen, erst recht nicht ohne Kilometerpauschale. Das Ganze würde die missliche Lage nur überdramatisieren und mich die letzten Nerven kosten, die ich überhaupt noch besaß.

Schon bald wurde ich eines Besseren belehrt. Denn es war kein freilaufendes Wild, das mich mein Leben kosten sollte, sondern ein grelles und undefinierbares Licht aus dem Nichts. Kein Gegenverkehr, keine Wohnhäuser, keine Laternen. Nur die dunkle Landstraße, der Regen und das helle, blendende etwas. Panisch drehte ich das Lenkrad hin und her, um mich aus dem gefährlichen Radius des mir Unbekannten zu manövrieren. Das kleine schwarze Auto wirbelte unkontrolliert auf der nassen Straße umher und fand keinen Halt mehr.

Immer wieder versuchte ich, das Gefährt in die entgegengesetzte Richtung zu bewegen, doch die geringe Kraft reichte nicht mehr aus, um mich aus der Situation zu retten. Das Geschehen geriet endgültig aus den Fugen, und mir blieb nichts weiter übrig, als auf ein glimpfliches Ende zu hoffen. Es war das erste und das letzte Mal, dass ich die Erfahrung der gefürchteten „Todesangst" machen würde. Kennt ihr die gängigen Erzählungen von Menschen, die überlebt haben? Sie berichteten immer wieder davon, dass sie in den Sekunden kurz vor ihrem Tod stichpunktartig besondere Momente ihres Lebens Revue passieren ließen. Geburtstage, die Geburt des geliebten Kindes, ihre Hochzeit, den ersten Kuss. Alles magische Ereignisse, die prägten und am Ende das Große und Ganze der eigenen Existenz ausmachten.

Eine Tatsache, die einen Bruchteil später in der ewigen Dunkelheit verschwand, bis es nach Jahrzehnten niemanden mehr gab, der um einen trauerte. Mit einem Mal war man nichts weiter als eine vergessene Seele. Häuser, die man bewohnte, gehörten plötzlich anderen Familien. Esstische, an denen man einst lachte, landeten auf dem Sperrmüll, das rollende Ego auf vier Reifen wurde in einer Metallpresse zerdrückt. Alles, worauf wir einmal stolz waren, wofür wir hart arbeiteten, ist am Ende des Tages der Inbegriff von Irrelevanz. Und die meisten stellten sich die Frage: Habe ich wirklich Wert auf die richtigen Dinge in meinem Leben gelegt? So vergänglich wie das eigene Leben auch ist, umso weniger habe ich über diese Aspekte nachgedacht.

Ich machte mir lediglich Sorgen über die Art und Weise meines Todes. Wird es schmerzhaft sein? Wird es schnell vonstattengehen? Wieso jetzt zu diesem Zeitpunkt? Wäre ich doch nur ein paar Minuten später losgefahren. Vielleicht wäre ich dem undefinierbaren Licht gar nicht begegnet. Eine Handvoll Fragen, die im Grunde völlig irrelevant erschienen, da sie mir jetzt sicherlich nicht mehr den Arsch gerettet hätten. Und trotzdem manifestierten sie sich eisern in meinem Kopf. Bevor ich dazu in der Lage war, mir weitere Gedanken zu machen, prallte ich gegen einen harten Widerstand. Voller Wucht wurde ich zur Seite geschleudert, und ich meinte, einen Teil meiner Rippen brechen zu hören, als mich eine unbarmherzige Kraft gegen die rechte Seite des Gurtes preschte. Schmerzerfüllt schrie ich auf und verlor die Orientierung.

Mein Schädel prallte an das Armaturenbrett, und ich spürte, wie die Haut meiner Schläfe aufklaffte. Das warme Blut lief mir ins rechte Auge, und das gnadenlose Brennen nahm mir das letzte bisschen Sicht, das mir bis zu diesem Zeitpunkt geblieben war. Nach wenigen Sekunden wurde alles schwarz, und ich empfand Ruhe in der Gewissheit, dass die grausamen Schmerzen hiermit ein Ende fanden. Denn eines Tages lächelte er uns alle an, der Tod.

Ich, Quinn Winters, hatte mich dazu entschieden, dem Tod zurückzulächeln. Es kam nur darauf an, wie wir der Sache entgegenblickten. Würden wir mit allen Mitteln versuchen, elendig gegen das Unvermeidbare anzukämpfen? Oder würden wir der Dunkelheit mit Selbstsicherheit, Stolz und Würde entgegentreten? Zu diesem Zeitpunkt, als ich mich selbst in dieser unausweichlichen Situation befand, wollte ich euch eines ganz besonders ans Herz legen: Zu sterben ist nicht schlimm, ich erfuhr es schließlich am eigenen Leib. Nein, nicht gelebt zu haben, das ist das Schlimme. Denn sobald man die Schwelle zur anderen Seite einmal überschritten hatte, gab es mit Sicherheit kein Zurück mehr. Zumindest dachte ich das bis zu diesem Moment. Doch alles kam ein wenig anders. Denn anstelle der dunklen Ewigkeit kam ich zurück und öffnete die Augen.

Ein grausiges, schrilles Flimmern prägte meine Sicht. Jegliche Konturen waren unscharf. Mit einem Mal durchflutete ein Schwall unerträglicher Schmerzen meinen Körper. Ich konnte meine Beine nicht bewegen und traute mich nicht, einen genaueren Blick auf diese zu werfen. Viel zu groß war die Angst vor dem, was ich dort vorfinden würde. Womöglich ein Brei aus Blut, Fleisch und

Knochen. Mein Schädel dröhnte und drohte jeden Moment zu platzen.

Ich roch den Regen, vermischt mit einer Note von Eisen. Mein Blut … Ich war mir ziemlich sicher, die halbe Straße damit geflutet zu haben. Die unscharfe Sicht wurde langsam wieder etwas deutlicher, und ich machte es mir zur Aufgabe, die letzten Überreste meines Mini Coopers auszumachen und nach meinem Handy zu suchen. Soweit meine körperliche Verfassung dies überhaupt zuließ. Wer würde mich hier auf dieser verlassenen Landstraße schon finden? Langsam versuchte ich, mein linkes Bein anzuziehen. Bereits nach wenigen Millimetern bemerkte ich jedoch, dass es eine Sache der Unmöglichkeit war, mich ansatzweise zu bewegen.

„Ah!", schrie ich panisch auf und hielt mir sofort das Bein. Stöhnend und schwer atmend, starrte ich in den dunklen Himmel. Der Regen prasselte auf mich nieder, und meine Gedanken waren leer. Zu beschäftigt war ich damit, die Schmerzen wegzuatmen. Ähnlich wie bei einer Geburt. Gar nicht so weit hergeholt, kam mir die Überlegung. Geburtsvorbereitungskurse könnte man genauso gut als „Survivor – Grundkurs" an den Mann bringen. In solchen Situationen sicherlich sehr nützlich. Verloren in meinen abschweifenden Gedanken – und bitte fragt mich nicht, weshalb ich in solch einer verzwickten Lage an Geburtsvorbereitungskurse dachte – schrak ich panisch auf, als ich eine düstere Silhouette über meinem Kopf ausmachte. Diese blickte mich kopfüber an, und ich musste meinen Kopf unangenehm weit überstrecken, um die Gestalt genauer auszumachen. Kreischend starrte ich nach oben und fuchtelte wild mit meinen Armen umher. Diese waren mit einigen Prellungen und Schürfwunden glimpflich davongekommen und dementsprechend nur leicht verletzt. Der Fluchtinstinkt in mir setzte ein, bis ich wieder feststellte, dass ich der momentanen Lage gnadenlos ausgeliefert war. Es blieb mir nichts anderes übrig, als panisch weiter zu schreien und zu hoffen, dass mich jemand hören würde. Welch bescheuerte Hoffnung. Nach einigen Minuten der unangenehmen Geräuschkulisse meinerseits beendete ich das Kreischorchester und starrte stumm drein. Die Silhouette bewegte sich seitdem keinen Zentimeter und machte keine Anstalten, mich umzubringen oder mir zu helfen. Die Absichten blieben mir demnach ein Rätsel.

Ein Gesicht erkannte ich nicht. Der Regen prasselte mir immer wieder in die Augen und gönnte diesen keine Erholung. Jetzt lag ich dort mitten auf der Straße, schwer verletzt und stöhnend.

Mein Hals brannte, und mein Körper fühlte sich an wie ein Block aus Zement.

Und dieses Etwas über mir gab nichts weiter von sich als: „Quinn, ich habe einen Deal für dich."

Die Stimme tief und rau. Und mit diesen Worten begann die wohl größte Veränderung meines bisherigen Lebens. Denn das Schicksal schien andere Pläne für mich bereitzuhalten als ein frühzeitiges Ableben. Vermutlich war ich jetzt so etwas wie ein Treuhandfonds für den Tod.

Hallo, mein Name ist Quinn Winters.
Und ich habe einen Deal mit dem Tod.

KAPITEL 1

MANIAC – MANSION

Mein neues Leben empfing mich mit einem lauten Donnergroll und dem mir altbekannten, penetranten Regen. Ich konnte mich nur schwer daran erinnern, wann zuletzt die Sonne meine fahle Haut küsste, und trotzdem hatte ich mittlerweile in all dem so etwas wie ein „heimisches" Gefühl entwickelt. Die Dunkelheit und Nässe waren meine Freunde geworden, und mit langsamen Schritten begab ich mich in Richtung des gigantischen Gebäudes, welches in einem düsteren Auftakt vor meinen Augen in die Höhe ragte.

Das gesamte Gelände war durch einen schwarzen Gusseisenzaun abgegrenzt, und inmitten dieser riesigen Fläche prangte das Anwesen der ortsbekannten Maniac Mansion. Jeder wusste, dass sie existierte. Keiner wollte ihr zu nahe kommen. Zu viele ungebändigte Mythen wimmelten um das Anwesen mit rund einem Hektar Land. Meiner Wenigkeit waren ebenfalls einige der grausigen Geschichten um dieses Grundstück samt anliegendem Friedhof bekannt. Oftmals war das Gebäude Teil der schauerlichen Geistergeschichten, die auf Schulhöfen oder den Pyjama-Partys erzählt wurden. Gute alte Zeit. Nach einem kleinen Fußmarsch von der Pforte bis hin zur Eingangstür stellte ich das Gepäck ab und ließ meinen Kopf in den Nacken fallen. „Wow", flüsterte ich mir selbst fasziniert zu und suchte nach den Schlüsseln in meinem schwarzen Trenchcoat. Woher ich die Schlüssel zu diesem alten, verlassenen Anwesen bekommen hatte? Bitte fragt mich etwas Leichteres, denn ich müsste euch schlicht und einfach damit antworten: Ich wusste es nicht! Nachdem ich diese völlig abgedrehte Begegnung mit dem Tod höchstpersönlich erlebt hatte, befanden sich diese Schlüssel plötzlich in meinem Besitz. Lediglich ein kleiner Schlüsselanhänger – Maniac Mansion – gab mir Aufschluss darüber, was ich damit anzufangen hatte. Und wisst ihr, was ebenfalls völlig abgedreht und fernab jeglicher Realität war?

Die schweren Verletzungen meines Unfalls waren binnen weniger Sekunden nach der Begegnung verschwunden. Manchmal dachte ich mir: Gott, Quinn. Du kriegst die Tür nicht mehr zu. Das ist einfach zu viel für mein matschiges Gehirn. Trotz alledem hatte ich diese Chance dankend angenommen und fand mich mit meiner neuen Situation ab. Nach einer gefühlten Ewigkeit hatte ich den Schlüssel in den Tiefen meiner Jackentasche endlich gefunden. Und als ich die knarzende Tür mit einem kräftigen Ruck aufdrückte, kam mir ein erschreckend warmer Schwall an Luft entgegen.

Der Eingangsbereich erwies sich als ein unerwartet nobler und einladender Raum. Ich hatte damit gerechnet, von einer grausigen Kälte empfangen zu werden. Dunkelheit, Nässe, Spinnweben und der Geruch von modrigem Gemäuer. Zu meiner Begeisterung musste ich feststellen, dass bereits ein gemütliches Feuer in dem verschnörkelten Kamin vor mir loderte. Zwei gepolsterte rote Sessel standen daneben und sorgten für ein wohliges Ambiente. Der Aufstieg der steinernen Treppe war behangen mit einer Pracht an wunderschönen, goldenen Bilderrahmen und Dekorationselementen. Im Grunde hätte ich es bereits zu diesem Zeitpunkt besser wissen müssen.

Dass irgendjemand bewusst auf meine heutige Ankunft vorbereitet war, doch ich war zu begeistert von all dem, was ich in diesem Moment hier sah. Wenn wir einmal sehr kleinlich sind, dann hätte bereits der Schlüssel in meiner Jackentasche mich darauf hinweisen müssen, dass etwas Größeres auf mich warten würde. Ich griff nach dem Gepäck und vollbrachte ein paar weitere Schritte, in das Innere des Eingangsbereiches, um die riesige Tür hinter mir ins Schloss fallen zu lassen und der Kälte endlich auf Wiedersehen zu sagen. Jetzt war es die Stille, die meine Aufmerksamkeit gewann, und ein leichtes Gefühl der Unsicherheit breitete sich in mir aus. Ich machte mich darauf gefasst, auf ungewohnte Geräusche zu treffen, die so etwas wie Unbehaglichkeit in mir auslösen würden. Doch außer dem knisternden Feuer des Kamins konnte ich nichts weiter ausmachen. Ich entschloss mich dazu, mich auf die oberen Etagen des Anwesens zu begeben, um nach meinem zukünftigen Schlafplatz Ausschau zu halten. Irgendwo mussten sich diese Räumlichkeiten schließlich befinden. Zu meiner Begeisterung stellte ich fest, dass es Unmengen an majestätischen Schlafzimmern gab. Waren all diese Zimmer wirklich für mich bestimmt? Unmöglich! Ich hatte die freie Auswahl und entschied mich dazu, den Raum mit den dunkelgrünen Wänden zu nehmen. Dieser traf meinen Geschmack am ehesten. In der Mitte des Zimmers stand ein hölzernes Himmelbett, behangen mit schwarzen Samttüchern. Eine kleine, schmale Tür neben dem anschaulichen Doppelbett führte hinaus auf einen winzigen Balkon, der ebenfalls, wie das Anwesen selbst, durch einen gusseisernen Zaun abgegrenzt wurde. Gegenüber des Betts stand ein dunkler, kleiner Frisiertisch mit einem beigen, gepolsterten Hocker.

„Wie wunderschön", gab ich begeistert von mir und schaute mich weiter um.

Auch diese Räumlichkeit besaß einen kleinen Kamin und einen großen, massiven Kleiderschrank aus Holz. Die Griffe waren goldüberzogen und sorgten für ein rundes Miteinander zum Rest der Einrichtung. Angrenzend zu meinem Zimmer befand sich eine weitere Tür, die zu einem persönlichen Badezimmer führte. Zufrieden platzierte ich mein Gepäck auf dem Doppelbett und versuchte, der momentanen Reizüberflutung standzuhalten. So viele Eindrücke auf einmal sorgten für Müdigkeit und Erschöpfung. Bevor ich mich jedoch in mein Bett legen würde, sehnte mein Körper sich nach einer ausgiebigen Dusche und einer leckeren Mahlzeit. Es war an der Zeit, die verbrauchten Reserven endlich wieder aufzuladen.

KAPITEL 2

NEUES LEBEN, NEUE REGELN

Darf ich euch davon berichten, was innerhalb der letzten Stunde geschah? Ich war soeben dabei, einen Plan für mein heutiges Abendessen auszutüfteln, als ich plötzlich feststellte, dass der gesamte Kühlschrank bereits mit Nahrungsmitteln befüllt war. Und wir sprechen hier nicht von irgendwelchen Lebensmitteln, sondern von einer Vielzahl an köstlichen Dingen. Frische Avocado, Hummer, Obst, Gemüse, gebratenes Hähnchen, Sushi.

„Das soll alles für mich sein?", befragte ich den befüllten Kühlschrank und durchbrach die beklemmende Stille.

Wie ich bereits vermutete, erhielt ich keine Antwort. Lediglich das Summen des Generators machte sich charmant bemerkbar.

Nachdem ich mir einige der Köstlichkeiten zu Gemüte geführt hatte, machte ich mich zurück in meinen Schlafbereich. Es gab eine Badewanne, und diese Tatsache verlockte mich nach dem anstrengenden Tag besonders dazu, ein wenig auszuspannen. Somit entschied ich mich vor dem Schlafengehen für ein warmes und erholsames Bad. Innerhalb weniger Minuten war die Wanne gefüllt, und ich ließ meine Kleidung zu Boden fallen.

Das lauwarme Wasser schmeichelte meiner Haut und umgab diese wie ein wohliger Schleier aus Erholsamkeit und Ruhe. Genau das, was ich jetzt brauche, dachte ich mir, legte den Kopf in den Nacken und schloss entspannt die Augen. Doch die Ruhe war nur von kurzer Dauer, denn bereits nach wenigen Minuten machte sich ein schepperndes Geräusch aus dem unteren Abteil des Anwesens bemerkbar, und ich sprang panisch aus der Wanne heraus. Beinahe drohte ich mit meinen nassen Füßen auf den Fliesen des Badezimmers das Gleichgewicht zu verlieren und mir womöglich den Schädel am dahinterliegenden Waschbecken aufzuschlagen. In allerletzter Sekunde war ich in der Lage, mich an der Handtuchhalterung festzuhalten und mich an dieser abzustützen.

„Was um alles in der Welt?", fluchte ich vor Schreck und empfand zeitgleich ein wenig Angst.

Wie schon erwähnt, hätte mich von Anfang an der einladende Empfangsbereich einiges infrage stellen lassen sollen. Doch meine Naivität war ein stetiger Sieger, und dies zog sich bereits seit meiner Geburt wie ein roter Faden durch mein Leben. Einige Situationen waren weniger schlimm, andere waren außerordentlich fatal, und dieser Moment hier gehörte gewiss zu einer gnadenlosen Misere meinerseits.

Im Grunde war der Pakt mit dem Tod mein ursprünglicher Untergang gewesen, und selbst den konnte ich nicht von mir weisen. Mir war nicht mehr zu helfen. Lediglich mit einem Handtuch bekleidet lief ich den langen Flur und die Treppen hinab zurück in den Eingangsbereich in Richtung Küche. Dem scheppernden Klang zu urteilen, musste das Geräusch aus diesem Raum gekommen sein. Mein Herz klopfte mir bis zum Hals, und panisch griff ich nach einem kleinen Kerzenständer auf einem der Tische, während meine schnellen Schritte mich weiter vorantrieben. Für den Fall, dass mir etwas geschehen würde, sollte ich wenigstens in der Lage sein, mich selbst zu verteidigen Kurz vor der dunkelhölzernen Küchentür blieb ich einen Moment stehen, zupfte das Badetuch zurecht und trat diese mit einem kräftigen Hieb mit meinem rechten Bein auf. Grölend hielt ich den kleinen Kerzenständer in der Hand und wollte mit diesem soeben zum Schlag ausholen, als ich die dunkle, verschleierte Person vor dem Kühlschrank bemerkte.

„Tod?", rief ich entgeistert in den Raum hinein.

Dieser wurde ausschließlich durch das flackernde Licht des Kühlschranks beleuchtet. Der Tod stand mit angewinkelten Beinen dort, begann herzlich zu lachen und biss genüsslich in einen der grünen Äpfel, die auf der Küchenzeile in einer kleinen schwarzen Schale lagen. Ich traute meinen Augen kaum.

„Quinn, meine Liebe. Schön dich wiederzusehen, und was genau möchtest du mit diesem Kerzenständer in deiner Hand? Hast du denn ganz vergessen, was unser Deal beinhaltet? Hach, du bist wirklich amüsant!", raunte er mir zu.

Verdammt, der Deal. Natürlich, wie hätte ich die Fakten nur vergessen können? Ein neues Leben, mit neuen Regeln. Daran musste ich mich erst gewöhnen. Trotzdem versuchte ich gelassen und selbstsicher zu reagieren. Meine Verunsicherung sollte nicht noch mehr Primetime ergattern, als sie ohnehin schon bekam. Der Tod durfte keineswegs das Gefühl bekommen, mich machtlos in seinen Fängen zu halten.

Zumindest nicht psychisch.

„Ich denke, das liegt im Auge des Betrachters. Die Freude, erneut auf den Tod zu treffen, hält sich in mir gediegen zurück. Ich denke, es dürfte der Mehrheit der Menschen so ergehen", gab ich zurück und forderte ihn mit meinen Augen auf, seine Konversation fortzuführen.

Geschmeidig schlenderte er zu mir herüber und warf dabei das Obst in seinen knochigen Händen immer wieder hin und her.

„Weißt du, was mir bei der ganzen Aufregung des gestrigen Tages aufgefallen ist?", fragte er mich. „Wir haben gar nicht weiter darüber gesprochen, was genau es mit diesem Deal auf sich hat."

Da hatte er recht.

„Wir sprachen zwar darüber, dass du dazu verpflichtet bist, in diesem Haus zu leben und welchen Job du ab sofort auszuüben hast. Jedoch keinesfalls darüber, warum das Ganze so ist wie es ist. Interessiert dich das denn überhaupt nicht?"

Mittlerweile stand der Tod nur noch wenige Zentimeter von meinem Gesicht entfernt. Einen warmen Atem konnte ich auf meiner Nasenspitze trotz allem nicht ausmachen.

„Ja, das stimmt. I-ich, das Ganze … es war einfach so aufregend und …", stotterte ich daher -

nicht in der Lage, einen vollständigen Satz zustande zu bringen. Scheiße! Wie konnte ich nur vergessen, danach zu fragen, was im Gegenzug von mir eingefordert wird? Oder ob es einen ultimativen Haken geben würde. Die dicke Quittung würde höchstwahrscheinlich jetzt auf mich warten.

„Du brauchst gar nicht so aufgeregt zu sein, meine liebe Quinn", seine Stimme trat immer näher an mein Ohr heran und sorgte für ein undefinierbares Schaudern auf meiner Haut.

Bevor er weitersprach, schoss er mit seinem betuchten Schädel zurück und begann damit, die Schränke der Küche zu durchwühlen. Verwirrt starrte ich drein.

„W-was genau suchst du, Tod?", fragte ich.

Dieser ließ sich aber nicht von mir beirren, bis er gefunden hatte, wonach er suchte.

„Nach diesen beiden Schätzen habe ich gesucht", rief er freudig und hielt zwei Weingläser in die Höhe.

Binnen weniger Sekunden hatte er diese schon mit einem Wein seiner Wahl befüllt, setzte sich auf einen der Hocker am Tresen der Küche und klopfte mit seiner linken Skeletthand neben sich auf den freien Stuhl.

„Komm, setz dich zu mir. Ich denke, die ganze Stimmung wird etwas lockerer, wenn wir uns ein paar Schlucke genehmigen. Glaubst du nicht auch?".

Wo er recht hatte. Stets ein wenig verunsichert näherte ich mich dem Tod, setzte mich auf den Hocker und griff nach dem befüllten Glas.

„Cheers!", rief er mir zu und schwang sein Behältnis zum Anstoßen in die Höhe.

Ich tat es ihm gleich, und wir beide nahmen einen Schluck der roten Flüssigkeit.

„Nicht zu trocken und nicht zu süß. Gefällt mir", gab ich unerwartet locker von mir. Auch der Tod schien dies zu bemerken.

„Mensch, geht doch! Ich wusste, mit dir ist etwas anzufangen", freute sich der Tod.

„Brauchst du überhaupt etwas zu trinken? Oder zu essen? Ich meine, schließlich bist du doch tot."

Wahrscheinlich war dies eine außerordentlich dumme Frage, aber mein Gehirn zwang mich förmlich dazu, sie zu stellen.

„Nein, natürlich nicht. Ich benötige nichts von all dem. Aber es schmeckt mir, und das ist doch die Hauptsache."

Ich nickte ihm zu.

„Weich nicht von der eigentlichen Thematik ab!", warnte mich der Tod. „Wir müssen darüber reden, was es mit diesem Deal auf sich hat und was genau das Ganze nun auch für dich bedeutet.

Denn die Seele an die Unterwelt zu verkaufen, ist das ehrfürchtigste, was ein lebendes Wesen nur machen kann."

Meine Augen weiteten sich panisch, und ich spürte, wie meine Hände schwitzig und nass wurden.

„Meine Seele? VERKAUFT an die Unterwelt? An den Teufel? Ich wollte doch … und ich wusste doch nicht, dass …!"

Erneut stotterte ich panisch in die Dunkelheit hinein. Der Kühlschrank stand zwar immer noch einen Spalt weit offen, jedoch drohte trotz allem mein Tunnelblick mich in einem Sumpf aus gnadenloser Finsternis zu ertränken. Bis mich schlagartig ein kratziges und schmutziges Lachen aus meinen Gedanken katapultierte. Zurück in die Realität.

„Du glaubst auch wirklich alles, was man dir erzählt, oder?", schnaubte der Tod und hatte sein erstes Glas Wein intus. Nachdem der zweite Schock des Abends sich zu einem Gefühlsmix aus Frust und Ärgernis entwickelt hatte, formten meine Augen sich zu schmalen Schlitzen.

„Du hast wirklich eine außerordentlich große Freude daran, mich als Marionette deiner Unterhaltung zu nutzen, kann das sein?", fragte ich ihn mit einem griffigen Unterton in meiner Stimme.

„Entschuldige, du hast recht. Schließlich geht es hier um eine ernste Sache, und ich sollte anfangen, das Ganze etwas ...", doch der Tod wurde unterbrochen und davon abgehalten, seinen Satz zu beenden und mich über das Geschäftliche aufzuklären, als eine weitere Stimme aus dem Hinterhalt an mein Ohr drang.

„Und? Seid ihr fertig?", fragte eine zaghafte und trotzdem zeitgleich tiefe Stimme.

Ich sprang auf und presste mich schreiend an die Küchenzeile neben der Kaffeemaschine. Mein Weinglas stürzte dabei auf den gefliesten Boden und hinterließ eine blutrote Pfütze und ein unangenehmes Klirren. Eine unzählbare Menge an winzigen Glassplittern verteilte sich auf dem gesamten Boden der Küche vor mir.

„Was geht hier vor? Kann mich endlich mal jemand aufklären! Wer steht dort hinter der Tür?"

Mein Blick fokussierte die dunkle Ecke in Richtung des Wohnzimmers. Eine Person erkannte ich nicht.

„Verdammt, Sam, ich habe dir gesagt, dass ich für die ganze Aufklärung ein wenig Zeit benötige und ich mich bemerkbar mache, sobald du dich zeigen kannst. Wie soll ich die liebe Quinn denn jetzt auf deinen Anblick vorbereiten?", sprach der Tod ebenfalls in die Dunkelheit hinein.

„Du hast gesagt zehn Minuten!", protestierte die unbekannte Stimme.

Ich konnte es nicht erkennen, und doch hatte ich die starke Vermutung, der Tod hätte soeben mit den Augen gerollt. Unter all den Tüchern, die er um seinen Körper trug, konnte man keine menschlichen Facetten ausmachen. Vermutlich, weil er tot war und dementsprechend keine mehr besaß. Ach, Quinn … Da hasste es mich wieder, mein eigenes Gehirn. „Du bist doch im freudigen Besitz zweier wunderschöner Ohren, habe ich recht?", fragte der Tod sarkastisch.

„Ja und?", protestierte die tiefe Stimme erneut.

„Dann hast du doch auch sicherlich mitbekommen, dass das ganze Gespräch einfach etwas länger gedauert hat, oder?"

Daraufhin folgte kein weiterer Protest, und der Tod schüttelte mit dem Kopf.

„Enttäuschend", flüsterte er sich selbst zu und taxierte wieder mich.

„Tut mir leid, Quinn."

Zu meinem Entsetzen bekam ich das Gefühl, dass seine Entschuldigung mir gegenüber ehrlich und aufrichtig gemeint war. Ich beruhigte mich ein wenig und spürte, wie die Muskulatur meines Körpers sich lockerte, und ich wieder in der Lage war, entspannter und gleichmäßiger zu atmen.

„U-Und wer steht jetzt dort hinter der Tür?"

Der Tod atmete verzweifelt aus, senkte sein Gesicht gegen das Glas, füllte es nach und rief der mir unbekannten Stimme zu: „Sam, du Vollidiot, komm raus!".

Ich hielt den Atem an und starrte gebannt in die Dunkelheit. Einige Sekunden später kam ein großer, klobiger Schuh zum Vorschein. Das fahle Licht des Kühlschranks flackerte immer hastiger. Kurz darauf zeigte sich der Rest der Gestalt, und das war der Moment, in dem ich endgültig den Verstand verlor. Und das Bewusstsein.

Geschwächt versuchte ich meine Augen zu öffnen. Das Aufhalten der Augenlider fiel mir unsagbar schwer, und das Einzige, was ich vernahm, waren die Umrisse des kleinen Frisiertisches gegenüber von mir. Das Licht schien gedimmt, und somit blieben mir zumindest die stechenden Kopfschmerzen erspart. Nach einigen Sekunden war ich endlich in der Lage, aus den verschwommenen Konturen gradlinige Gegenstände auszumachen. Und ich musste zu meinem Erschrecken feststellen, dass ich mich in meinem Schlafzimmer befand, zumindest in einem der Räume, in denen ich mich eingenistet hatte. Ich strich mir mit den Händen über das Gesicht. Wie war ich hier nur hergelangt? Panisch schaute ich mich um, und da saß er, der Tod höchstpersönlich.

Er hatte es sich auf der Bettkante bequem gemacht und starrte mich offensiv an.

„Was ist?", gab ich etwas pampig von mir. Der Schreck der vergangenen Stunden steckte mir gnadenlos in den Knochen, und mein Kopf drehte sich.

„Woh, woh, Quinn. Ich wollte dir nichts Böses. Das musst du mir unbedingt glauben", versuchte der Tod die Situation zu beschwichtigen.

„W-was war das eben?", wollte ich wissen.

„Du meinst Sam?"

Ich nickte und hielt mir dabei den Kopf.

„Wenn er so heißt", gab ich von mir.

Selbst die allerkleinste Bewegung verschlimmerte den Schwindel um ein Zehnfaches.

„Du bist gerade erst aufgewacht, bist du sicher, dass wir direkt wieder …?"

„JA!", schrie ich ihm entgegen.

Ich konnte es nicht mehr ertragen. Diese Ungewissheit und Heimlichtuerei. Schließlich handelte es sich hierbei um mein Schicksal.

„In Ordnung, ich verstehe", entgegnete der Tod und machte es sich auf der Bettkante noch einmal etwas bequemer, indem er seine Sitzposition korrigierte. Er schlug die Beine übereinander und schaute mich an. Zumindest ging ich davon aus, denn sein Gesicht konnte ich immer noch nicht erkennen.

„Nein, nein. So kann ich doch nicht … das sieht ja … Moment!".

Ein weiteres Mal setzte er sich um. Die übereinandergelegten Beine lockerte er wieder und lachte mir verunsichert entgegen.

„Die ganze missglückte Situation scheint auch mich ein wenig durcheinander zu bringen", murmelte er und war augenscheinlich in der Lage, mich endlich aufzuklären.

Ich saß weiter da und beobachtete ihn in seinen Momenten der Unbeholfenheit.

„Sein Gesicht. Was war mit seinem Gesicht geschehen?", fragte ich verwirrt, und meine Gesichtsmuskeln verkrampften sich, sobald ich nur an diese Sekunden zurückdachte.

„Er hatte keine Haut mehr auf seinen Knochen und diese stechend roten Augen und diese zerfetzte Kleidung und dieser Geruch und das strähnige, fettige Haar und …!"

Ich redete mich selbst immer weiter in Rage, bis der Tod seine rechte Hand erhob und mich somit aufforderte, für einen Augenblick zu schweigen.

„Ich weiß. Ich weiß, was du gesehen hast, schließlich weiß ich ja auch von Sam und all den anderen."

Jetzt war ich es, die ihre Hand erhob, sich vorbeugte und ihre Augen fassungslos aufriss.

„Stopp! Was? Wer sind all die anderen? Es gibt noch mehr von diesen Viechern?", fragte ich geschockt. Der Tod nickte und sprach weiter.

„Lass mich aussprechen, Quinn. Fangen wir nur einmal kurz von vorne an. Du erinnerst dich daran, was ich dir gegeben habe? Eine Chance auf ein zweites Leben in einer Situation, in der du damit gerechnet hattest, den Löffel abgeben zu müssen. Habe ich recht?"

Ich prustete auf.

„Sehr nett ausgedrückt, aber ja."

Der Tod fühlte sich offensichtlich bestätigt und führte seinen Vortrag weiter aus.

„Sehr gut. Solche Momente sind besonders kurzweilig und wir müssen schnell eine wichtige Entscheidung treffen. Das kleine Fenster zwischen Leben und Tod beinhaltet nur wenige Millisekunden. Du hast dich dazu entschieden, mein Angebot anzunehmen, und ich bot dir dafür folgende Dinge: Ein ziemlich üppiges neues Zuhause, einen neuen Job, denn soweit ich weiß, hast du deinen vorherigen ziemlich verabscheut, und jetzt kommen wir zum allergrößten Aspekt des Deals: Ich habe dir die Unsterblichkeit gegeben, solange du für mich tätig bist und dich an den Deal hältst, und das, meine Liebe, ist so ziemlich das Coolste, was einem passieren kann."

Mein versteinerter Blick sorgte für Unsicherheit, ich spürte es.

„Erinnerst du dich daran?", fragte er mich. Ich nickte. Auch wenn ich mich an diese Unterhaltung erinnern konnte, war es skurril detaillierter über das Ganze nachzudenken. Zu diesem Zeitpunkt, als mir das abgefahrene Angebot gemacht wurde, befand ich mich in einem Zustand des Deliriums. Mittlerweile konnte ich meine Gedanken wieder ein Stückchen sortieren und das alles kam mir vor wie eine gigantische Freakshow.

„Das heißt, ich könnte jetzt hier aus dieser Tür gehen", demonstrativ deutete ich mit meinem Zeigefinger auf den kleinen Durchgang in Richtung Balkon.

„Mich auf das Gelände stellen, springen und ich wäre nicht tot? Ich würde mir nichts brechen und könnte einfach wieder aufstehen und davon spazieren?"

„So ungefähr", antwortete der Tod.

„So ungefähr?"

„Sagen wir mal so, du würdest dir sicherlich den ein oder anderen Knochen brechen, jedoch würden diese innerhalb weniger Sekunden wieder zusammenwachsen, und alles wäre beim Alten. Ich kann es trotzdem nicht empfehlen, auch

wenn du es vielleicht gerne ausprobieren möchtest. Die Schmerzen sind ziemlich …".

„Nein, nein. Hatte ich nicht vor", antwortete
ich ihm.

„Deshalb fragte ich auch, was du mit diesem
kleinen Kerzenständer wolltest, als du kurz davor warst, mir diesen über meinen bereits toten
Schädel zu ziehen. Dir kann unter meinem
Schutz, während unseres Deals nichts passieren.
Meine Worte waren ernst gemeint, als ich sie zu
dir sprach."

Ich vernahm jedes Wort, welches er von sich
gab, und trotzdem fiel es mir schwer, diese zu
verdauen.

„Und die andere Hälfte des Deals?", wollte ich
endlich wissen.

„Du musst dich um meine Schützlinge kümmern. Um die unreinen Seelen unter uns. Glaub
mir, das ist eine wirklich große und wichtige Aufgabe."

Ich wartete auf eine weitere Ausführung der
momentanen Sachlage. Es konnte noch nicht alles
gewesen sein, was die tote Gestalt vor mir von
sich gab.

„Und nein, du hast deine unschuldige Seele
nicht an den Teufel verkauft. Weißt du, es gibt einige Menschen auf der Welt, die mit einer ganz
besonderen Herausforderung behaftet wurden.

Viele Leute sind zu Lebzeiten der Meinung, es wäre eine Gabe oder gar ein Geschenk, doch eigentlich ist es die Strafe für ein viel tieferes Vergehen. Ein Vergehen, welches in einem Leben zuvor begangen wurde und nun bezahlt werden möchte."

Ich konnte der ganzen Materie nicht vollends folgen und wartete erneut auf die Fortführung des Gesprächs.

„Hast du von Menschen gehört, die in der Lage sind, den Tod anderer vorherzusehen, zum Beispiel?", fragte er mich und hob dabei theatralisch beide Arme.

„J-Ja. Gehört schon, aber ich habe nie wirklich daran geglaubt."

„Das liegt daran, dass du eine reine Seele in dir trägst. Du hast kein Auge für diese Form von übernatürlichen Geschehnissen, und das ist auch vollkommen in Ordnung und richtig", führte er aus.

„Die Menschen, die diese Herausforderung mit sich tragen, werden auf die Probe gestellt, das Böse von sich abzuwenden. Viele jedoch fallen auf die Verlockung des Übernatürlichen herein und reichen dem Teufel die Hand. Sie sehen den Tod bestimmter Menschen voraus – einen tragischen Unfall, den Tod durch Krankheit oder gar das Ableben eines geliebten Menschen. Wer würde sich nicht dafür einsetzen, diese Leute zu warnen und ihnen die Möglichkeit geben, das Schicksal zu ändern?".

Stumm willigte ich mit einem Nicken ein und hörte ihm weiter zu.

„Doch genau hier beginnt der tragische Fehler, der zum grausamen Verhängnis wird. Der Mensch greift in den natürlichen Verlauf des Schicksals ein, und wenn der Mensch zu etwas kein Recht hat, dann ist es Gott zu spielen und den Tod zu hintergehen. Es gibt einen Grund, warum wir zu einem vorbestimmten Zeitpunkt sterben, und sobald dieses Rad durcheinandergebracht wird, haben wir ein ernsthaftes Problem. Nur ich als der Tod selbst kann und darf es auf Absprache steuern, und das auch nur in ganz bestimmten Situationen."

Ich war mir zu diesem Zeitpunkt ziemlich sicher, dass meine Augen mir vor lauter Überforderung aus den Höhlen ploppen würden, und zu meinem Erschrecken musste ich außerdem feststellen, dass ich dem Tod nahezu auf dem Schoß saß. Doch dieser ließ sich die unmittelbare Nähe nicht weiter anmerken oder empfand sie als wenig unangenehm.

„Und was passiert dann mit diesen Menschen? Wo komme ich ins Spiel?", fragte ich neugierig.

„Berechtigte Frage", räusperte er sich und fuhr
fort.

„Für diese Menschen ist nach dem Ableben
keiner der uns bekannten Orte vorgesehen. We-
der der Himmel, noch eine Wiedergeburt oder
gar ein Platz in der Hölle."

Verwundert schaute ich mich um.

„Aber die Hölle ist doch die größte Strafe, die
man erleiden kann", gab ich in einem fragenden
Ton von mir.

„Ja, das denken die Menschen. Die Hölle ist ein
anderer Ort, als du dir vorstellen magst, wie es all
die Leute dort draußen zu Lebzeiten tun. Glaub
mir, es gibt nichts Schlimmeres, als im ewigen
Diesseits in der Gestalt eines untoten Monsters zu
verweilen. Deine Seele steckt auf ewig in diesem
faulenden Etwas, welches sich einmal dein Körper schimpfte. Denn selbst nach einer abgesesse-
nen Strafzeit in der Hölle wirst du irgendwann
zur Wiedergeburt freigegeben. Hier nicht …", beendete der Tod seinen ausschweifenden Dialog.

„Ich habe dich dazu auserkoren, mir zu helfen.
Dieses Anwesen ist nur eines von vielen dort
draußen, die das gleiche Prinzip verfolgen. Reine
Seelen, die eine zweite Chance verdienen, und
die Wandler, die wir geschützt vor der Außen-
welt halten. Niemand darf hier raus, und niemand darf sie sehen. Sobald die nächste unreine

Seele auf dem Radar erscheint, werde ich sie hierherbringen, und du kümmerst dich um sie. Ein wenig Platz ist hier ja schließlich noch frei", lachte der Tod auf und schaute sich spielerisch um.

„Und warum genau soll ich dann hier auf diesem Anwesen, neben dem Friedhof, als Bestatterin arbeiten, wenn die meisten hier gar nicht tot sind?", fragte ich verwirrt und verzog dabei meinen rechten Mundwinkel ein wenig in die Höhe.

„Da du den Unfall überlebt hast und jetzt hier unter anonymen Bedingungen lebst, brauchst du natürlich offiziell einen neuen Job. Ich, der Tod", selbstverliebt deutete er mit dem Zeigefinger auf seinen Brustkorb, „bin dein neuer Arbeitgeber. Ich biete dir ein Alibi als stetig folgender Schatten, damit es in der Ortschaft nicht zu irgendwelchen unschönen Fragen und Situationen kommt. Außerdem vergisst du, dass ich der Tod bin. Die Existenz des anliegenden Friedhofs hat einen Grund. Die normal Sterblichen wollen anständig bestattet werden. Ich kümmere mich nicht nur um die unreinen Seelen, meine Liebste. Kannst du mir folgen?"

„Ich denke, sch-schon", gab ich erneut etwas stotternd von mir und versuchte, all die gesprochenen Informationen in meinem beinahe platzenden Kopf zu sortieren.

„Ich glaube, dann hätten wir alles geklärt, oder? Du vollbringst etwas Gutes, Quinn. Das kann ich dir versichern. Der Herrgott, so wie auch der Teufel, sind unglaublich stolz auf dich", lachte der Tod auf und klopfte mir dabei auf die Schulter.

Ich dagegen saß nur dort, verdrehte die Augen und konnte ein kleines, jedoch erkennbares Schmunzeln nicht unterdrücken. Wer hätte gedacht, dass der Tod so humorvoll behaftet ist?

„Warte!", rief ich ihm verunsichert hinterher, als er soeben dabei war, das Zimmer zu verlassen und mich der Dunkelheit und meinen verworrenen Gedanken zu überlassen.

„Was ist, wenn ich diesen Deal eines Tages nicht mehr möchte?"

Die Antwort bereitete mir große Sorge. Der Tod schwang mit seinem Kopf leicht umher, und erneut hatte ich die vage Vermutung, dass seine nicht erkennbaren Augen unter der dunklen Kapuze meine taxierten. Es fühlte sich an wie ein sanftes Kribbeln unter meiner Haut, wie der kurze Moment unten in der Küche.

„Warum solltest du diesen Deal auflösen wollen?"

Seine Stimme klang ernsthaft besorgt.

„Ewiges Leben, Unsterblichkeit. Auch wenn ich nebenher kein fauliger, lebloser Körper bin, erlebe ich am Ende das gleiche Schicksal wie all diese unreinen Seelen hier. Ich werde mit der Ewigkeit bestraft. Und ist es nicht eigentlich das, wovor die Menschen sich am meisten fürchten? Ich wiederhole lediglich deine Worte."

Der Schädel der düsteren Gestalt sank zu Boden, und es dauerte einige Sekunden, bis ich eine Antwort erhielt. Würde ich die Mimik seiner Gesichtszüge ausmachen können, dann wäre ich der festen Überzeugung, er würde betrübt dreinstarren.

„Du bist jederzeit in der Lage, diese Vereinbarung aufzuheben, Quinn. Sei dir nur bewusst, dass es dich zurück in den Moment auf der Straße katapultiert. Denn im Grunde leihe ich dir in all den folgenden Momenten nur Zeit."

Mit diesen Worten verließ der Tod mein Zimmer, und es vergingen einige Stunden, in denen ich die Wand vor mir anstarrte, bis mich die grausige Stille in den heiß ersehnten Schlaf trieb.

Es gab nur wenige Ereignisse zu Lebzeiten, bei denen ich, aus welchen Gründen auch immer, das Bewusstsein verlor. Seitdem ich Tag für Tag in der Maniac-Mansion verbrachte, sah alles anders aus.

Mittlerweile fiel es mir schwer, überhaupt an einer Hand abzuzählen, wann ich das Bewusstsein einmal nicht verlor. Man stellte mich und meine Nerven auf eine Zerreißprobe. Unendlich viele Eindrücke erschlugen mich, ich musste einem anderen Alltag und anderen Regeln nachgehen. Ich stellte mich anderen Herausforderungen, und trotzdem wurde ich mit der Zeit fein damit. Ich fand mich selbst wieder, und das in einem ungewohnten Licht im Vergleich zu meinem „anderen" Leben. Es war nicht einmal eine negative Wahrnehmung. Mit einem Mal waren es neue Prioritäten, die ich setzte, eine andere Form von Wertschätzung, die ich durchlebte, und ich baute Bindungen zu gewissen „Lebensformen" auf, von denen ich niemals gedacht hätte, dass es sie wirklich geben würde. Somit vergingen die Wochen wie im Flug, und plötzlich fand ich meinen neuen, wohligen Platz inmitten all der Kuriosität.

Drei Wochen später …

Der heutige Tag stellte eine besondere Herausforderung für mich dar. Seit meinem morgendlichen Kaffee gab es zwei natürliche Todesfälle und die Wiederkehr einer unreinen Seele während meiner Schicht, und das alles in kürzester Zeit. Ich lernte schnell dazu und musste zu meinem Erschrecken feststellen, dass mir diese Art von Arbeit sogar Spaß machte. Die Präparation einer Leiche, das Aufbahren, die eigentliche Beerdigung – alles Abläufe, die ich mir für mein jetziges Leben niemals hätte vorstellen können. Wenn ich überhaupt noch als lebendig gelten konnte. Mit einem Mal überkam mich so etwas wie Nostalgie, und ich entdeckte die unverblümte Schönheit des Todes für mich.

Das Sterben war sicherlich ein eher unromantischer Akt, aber in meinem Fall konnte ich dieses Problem vorerst umgehen – dank des Deals.

„Könntest du mir einmal den kleinen Kamm auf der Anrichte reichen, Sam?", fragte ich in die hinterste Ecke des Raumes, ohne dabei aufzuschauen.

Mein Blick blieb weiterhin auf die ältere Frau vor mir gerichtet, die leblos und grau auf dem Seziertisch lag, der zweckentfremdet für die Vorbereitung genutzt wurde. Ihre Augen waren geschlossen. Sie sah friedvoll und glücklich aus. Womöglich hatte sie ein erfülltes Leben gehabt und war nun zufrieden mit ihrem Schicksal. Sams lange, dürre Finger glitten von hinten über meine Schulter und reichten mir behutsam den schwarzen, schmalen Kamm. Erneut erreichte mich der modrige und intensive Geruch der Verwesung. Noch vor einigen Tagen hätte mich dieser vollends aus den Latschen gehauen. Mehrere Male musste ich gegen die gnadenlose Übelkeit ankämpfen, und in einigen Situationen verlor ich den Kampf gegen die aufsteigende Galle. Mittlerweile hatte ich mich weitestgehend daran gewöhnt. Schließlich hatte ich durchgehend mit untoten, verwesenden Persönlichkeiten zu tun. Es war mein Job …

Ein letztes Mal kämmte ich durch das lange graue Haar der Verstorbenen und taxierte ihr zartes Gesicht Stück für Stück.

„Sie war sicherlich eine wunderschöne Frau zu Lebzeiten. Ich kann es an ihrem vollen Haar erkennen und an ihrer Stupsnase."

Sam war bereits verschwunden, und ich vernahm ein lautes Knallen aus dem benachbarten Raum. Er war dabei, den auserwählten Sarg aus der Kammer zu schieben, um den Leichnam umzubetten.

„Ruhe in Frieden."

Flüsterte ich ihr zu und nahm Abstand von dem verchromten Seziertisch. Neben Sam tauchte eine weitere Gestalt auf. Diese war um einiges kleiner. Es war Jack. Auch wenn er nicht allzu groß geraten war, trug er schon zu Lebzeiten eine Unmenge an Muskelmasse mit sich herum. Er musste einer dieser elendigen Pumper gewesen sein, die eine ganze Menge von sich hielten und am Ende trotzdem einsam und allein ohne eine heiße Braut an ihrer Seite starben. Welch Ironie. Würden die Frauen ihn heute sehen, würde er mit ziemlicher Gewissheit erst recht niemanden mehr abbekommen. Seine ledrige Haut, oder was davon übriggeblieben war, hing im teilweise von den Knochen und ermöglichte den Anblick auf Elle und Speiche seines rechten Unterarms.

Seine Augenhöhlen waren leer und schwarz. Sein linkes Ohr fehlte, und eines seiner Beine stand gefährlich weit ab; man bekam das Gefühl, es drohte jeden Moment von seinem verfaulten Körper zu brechen. Beide traten näher an mich heran, und Jack begrüßte mich unerwartet herzlich.

„Hey, Quinn!"

Oftmals konnte ich ihn nur schwer verstehen, denn nach seinem Sportunfall vor vier Jahren, an dem er auch verstarb, hatte er sich nebenbei erwähnt zusätzlich den Unterkiefer gebrochen. Somit fiel ihm das Sprechen deutlich schwerer, auch wenn er sich offensichtlich große Mühe gab. Sam hingegen hatte stechend rote Augen. Sie wirkten wie ein leuchtendes Portal, welches uns direkt den Weg in die Hölle wies. Immer wieder drehten sich die grellen Kreise seiner Iris umher und sorgten für eine hypnotische Aura. Es hatte mich eine Weile an Nerven und Zeit gekostet, bis ich mich an den Anblick der untoten Kreaturen gewöhnte. Außerdem bezahlte ich einige Male, wie schon erwähnt, mit meinem Bewusstsein, bis ich das Ganze für mich realisierte und akzeptierte. Schließlich erlebte man solche Begegnungen nicht jeden Tag. Wer stand schon morgens völlig nichtsahnend aus seinem warmen Bett auf, machte sich auf den Weg zur Arbeit, mit der Gewissheit, am Ende des Tages einen radikalen Deal mit dem Tod einzugehen, und wurde plötzlich für eine unbestimmte Zeit der Babysitter eines Haufens unreiner Seelen? Ich für meinen Teil dachte zu Beginn des schicksalhaften Tages eher an einen gemütlichen Netflix-Abend. Völlig unerwartet spielte man die Hauptrolle in seiner eigenen Serie.

In meinen Gedanken verloren, hatten Jack und Sam die verstorbene Frau bereits in den dafür vorgesehenen Sarg gebettet und trugen sie nach draußen. Zurück blieb ein klebriger Brei aus Maden und anderen geronnenen Körperflüssigkeiten. Ich reinigte die gesamte Arbeitsplatte und war soeben dabei, das Licht hinter mir auszuschalten, als mit einem Mal eine gigantische Nebelschwade im Inneren des Raums erschien.

„Tod?", fragte ich entnervt und legte meinen Kopf in den Nacken.

„Bitte nicht noch mehr Arbeit, bitte nicht noch mehr Arbeit, bitte nicht ...", flüsterte ich mir in meinen nicht vorhandenen Bart und wartete auf den ultimativen Genickbruch des wohlverdienten Feierabends.

„Noch mehr Arbeit für dich!", rief der Tod wohlgesonnen in den Raum, als hätte er mein Fluchen keineswegs wahrgenommen.

„Der Tod macht keine Pause, meine Liebe."

Mit einem kräftigen Hieb knallte der leblose Körper eines übergewichtigen Mannes auf den soeben von mir gewischten Seziertisch.

„Mann mittleren Alters. Schätzungsweise 52 Jahre alt. Er lag auf irgendeinem Hinterhof einer Fast-Food-Kette bei den Containern. Seine Schürze ist fett beschmiert, also gehe ich davon aus, dass er dort gearbeitet hat. Mein Radar ist angesprungen, als ich gerade dabei war, kleine Kinder zu erschrecken. Ziemlich amüsantes Hobby. Du als Unsterbliche solltest dir auch mal ein paar lustige …"

„Welch aufschlussreiche Informationen. Ich danke dir, Tod. Aber ich denke, ich werde mich jetzt auf das Wesentliche konzentrieren, damit ich heute überhaupt noch zu meinem ersehnten Feierabend komme. Das Essen muss noch aufgesetzt werden und …"

Als ich näher an die Leiche herantrat, erkannte ich das in sich zusammengefallene Gesicht des Mannes. Kurz raubte es mir den Atem, bis ich mich wieder fasste.

„Ach und der Typ hat Adipositas. Ich konnte ihn keinen Meter tragen. Das gesamte Portal über habe ich ihn hinter mir hergezogen. Ich musste beinahe nach Verstärkung rufen, allerdings …"

Kurz herrschte Stille, als der Tod meine versteinerte Miene vernahm.

„Was ist, Quinn?"

„Nein … Ben …!", antwortete ich.

„Nein, Ben, was?", wollte der Tod wissen.

„Und ja, er hat Adipositas. Das ist ja auch kaum zu übersehen. Das ist Burger-Ben! Er war solch ein lieber Mensch. Der Arme! Was ist denn nur mit ihm geschehen?"

Der Tod gab ein verschmitztes Lachen von sich.

„Na, was wohl? Der Dämon von Adipositas hat ihn geholt. Das ist doch mehr als offensichtlich."

Ich zuckte mit den Schultern und starrte noch eine weitere Minute auf den leblosen Körper des Burger-Ben hinab. Er war stets bekannt in der gesamten Ortschaft und machte die besten Burger weit und breit. Als Jugendliche verbrachten wir fast jedes Wochenende in seinem Lokal, nur um seinen Witzen zu lauschen und seine herzliche Persönlichkeit zu genießen. Er war damals einer der wenigen Menschen, die mir wirklich guttaten.

Ein Herzensmensch …

„Na ja, dir bleiben ja noch ein paar Stunden mit Burger-Ben. Dann lasse ich euch beide mal allein.“

Der Tod kehrte mir seinen fahlen Rücken zu und verließ die Räumlichkeiten. Mein Zeigefinger glitt über die beschmutzte Schürze des Leichnams, und ich sog den Moment der Stille in mich auf. Es waren haufenweise Erinnerungen, die durch meinen Kopf fegten. Momente voller Leichtigkeit, Freude, Spaß und vor allem: gutes Essen! Jedoch kommt der Tod uns alle eines Tages holen, und die meisten von uns können nicht mit ihm verhandeln. Ich schien in diesem Fall eher eine Rarität zu sein.

Ich drehte mich herum und legte alles parat, was ich für die Vorbereitung der Leiche benötigte. Neben mir auf der alten Anrichte des Medizinschranks griff ich nach einem Paar Handschuhe und stülpte mir diese über. Stück für Stück vervollständigte sich das kleine Tischchen mit den Instrumenten vor mir, und ich war bereit, um mit der Aufbereitung zu beginnen. Mit einer Schere war ich soeben dabei, ihm die fettige Schürze vom Leib zu schneiden, als plötzlich ein erbarmungsloses Grölen die Stille durchbrach und mich beinahe einen Herzinfarkt kostete, der mich zu meiner Beruhigung nicht umbringen würde. Der eben noch leblose Körper sprang auf, griff sich schreiend an den Kopf und wackelte mit den kurzen, dicken Beinen umher. Völlig orientierungslos schmiss er den Seziertisch um und landete samt meiner Instrumente auf dem kalten, gefliesten Boden. Das laute Klirren sorgte für einen ohrenbetäubenden Lärm, der sicherlich das ein oder andere Aufsehen erregte.

„Ben!", rief ich voller Freude, bis ich bemerkte, dass es alles andere als gut war.

„Ben …", meine Tonlage mutierte zu einer traurigen Oktave. Doch dieser hörte mir gar nicht weiter zu und grölte immer noch lauthals vor sich hin.

„Hey!", stimmte ich ein.

„Ben!", etwas lauter.

„HEY!"

Ben schien wie in Ekstase. Keines meiner gesprochenen Wörter kam in seinem kleinen untoten Hirn an. Somit machte ich einen selbstbewussten Schritt auf ihn zu, begab mich ebenfalls vor ihm in die Hocke, holte aus und verpasste ihm eine kraftvolle Schelle. Mit einem Mal verstummte der ehemalige Inhaber des Lokals und starrte mich aus großen Augen heraus an. Kennt ihr diese kleinen gelblichen Fettpölsterchen, die sich um die Augen herum bildeten, wenn der Cholesterinspiegel gewisser Leute unmenschlich radikal in die Höhe stieg? Seine Augen prangten förmlich aus den Rahmen solcher Pölsterchen hervor. Ekelhaft! Das tut jetzt überhaupt nichts zur Sache, aber ich wollte es unbedingt einmal anmerken. Wie dem auch sei.

Er starrte mich an, und an dem Ausdruck seiner Augen und der in Falten geschlagenen Stirn konnte ich erkennen, dass er versuchte, mein Gesicht zuzuordnen.

„Hey, Ben. Es tut mir leid, aber ich musste dich aus deinem grölenden Wahn befreien. Du warst überhaupt nicht ansprechbar. Wie geht es dir?", fragte ich vorsichtig und legte meine rechte Hand behutsam auf seine Schulter, während ich noch immer auf dem Boden vor ihm hockte.

„Ich kenne dich doch. Du bist doch dieses junge Fräulein … Chiara … Christine … Q…", auch wenn er einige Anläufe benötigte, erkannte er mich am Ende und dies erfüllte mich mit Freude.

„Quinn …! Du bist Quinn." Ruhig und sanft nickte ich ihm zu und freute mich über die Tatsache, dass er mein Gesicht nach all der Zeit noch nicht vergessen hatte.

„Wuah!", schoss es aus ihm heraus, und kurz darauf packte er sich schmerzerfüllt und mit zusammengezogenem Gesicht an den Kopf.

„Gott, mein Kopf. Ich glaube, er ist kurz davor zu platzen. Ich habe ganz grauenvolle

Schmerzen. Hast du vielleicht eine Aspirin für mich?", fragte er mich mit brüchiger Stimme.

„Gut möglich, dass ich irgendwo im Haus noch eine habe, aber zuerst müssen wir die Sachlage für dich klären, Ben."

Sich immer noch den Kopf haltend, schaute er langsam zu mir auf, und ich konnte die Fragezeichen in seinem Blick förmlich sehen.

Ben starrte mit offenem Mund in die Runde voller Untoter. Ich saß direkt neben ihm und bekam permanent den warmen, fauligen Atem in mein Gesicht gedroschen. Welch Ungnade er doch walten ließ. Allerdings schien er momentan mit ganz anderen Problemen beschäftigt zu sein.

„Tja, jetzt weißt du so weit alles, was wirklich wichtig für dich ist. Du darfst dieses Anwesen auf keinen Fall verlassen. Das ist die wichtigste Regel von allen."

Innerhalb der letzten Wochen hatte ich eine Menge dazu gelernt. Nachdem ich eine neue Person im Bunde darüber aufgeklärt hatte, wurde es mir noch einmal mehr bewusst. Der Tod saß mir schräg gegenüber und hatte seinen linken Arm um eine kleine, zierliche untote Person gelegt. Sie war höchstens 1,58 m groß und hatte lange schwarze Haare. Ihre Augen quollen grausam hervor, und die Hälfte ihres rechten Torsos war unter der weißen, zerfetzten Bluse auszumachen. Zu Lebzeiten litt sie an einer lästigen Autoimmunerkrankung der Schilddrüse, weshalb ihre Augen bereits vor ihrem Tod tragisch weit aus den Augenhöhlen hervorragten.

Gestorben ist sie am Ende am Erstickungstod. Eine Weintraube war der Übeltäter der Vergeltung. Ihr Name war Cassey.

„Sehr gut, sehr gut, Quinn", rief der Tod in die anhaltende Stille.

„Ich denke, dem ist nichts mehr hinzuzufügen. Ben weiß nun Bescheid."

Burger-Ben selbst äußerte sich zu keinem einzigen Einwand persönlich. Der Speichel lief ihm in zähen Fäden über das Kinn und sammelte sich zu einer glitschigen Pfütze auf dem Boden vor seinen Füßen, nachdem er immer noch nicht in der Lage dazu war, seinen Mund vor lauter Fassungslosigkeit zu schließen.

„Ja, so habe ich auch geschaut, als ich diese Gestalten zum ersten Mal gesehen habe", waren die letzten Worte, die ich an diesem Abend innerhalb der geschlossenen Runde von mir gab.

Noch am selben Abend klopfte es an meiner Zimmertür. Ich trug bereits meinen giftgrünen Kimono und saß auf dem kleinen Hocker vor dem Frisiertisch, um mir die Haare zu kämmen, nachdem ich ein ausgiebiges Bad genommen hatte.

„Herein", reagierte ich auf das Klopfen und starrte gespannt auf die Tür. Der Tod trat ein und schloss die Tür hinter sich.

„Alle schlafen. Ich habe sie heute Abend für dich durchgezählt. Niemand ist ausgebüchst."

„Oh, herzlichen Dank", gab ich von mir und lächelte sanft.

Der Tod schlenderte durch das geräumige Zimmer, schloss die Vorhänge der Tür in Richtung Balkon und setzte sich auf die Bettkante.

„Wie geht es dir heute? Ich meine, du hast eine Menge geleistet, es war ein langer Tag, und außerdem war eine vertrauliche Person deinerseits dabei, die sich plötzlich als unreine Seele entpuppte."

Mit so viel Feingefühl hatte ich nicht gerechnet. Der düstere Tod schien tatsächlich ein wenig besorgt um mein Wohl.

„Nach all dem, was ich selbst innerhalb der letzten Wochen erlebt und durchlebt habe, glaubst du tatsächlich, dass der heutige Tag mich noch schocken könnte?"

Ich grinste verschmitzt in den kleinen ovalen Spiegel des Frisiertisches vor mir und war mir sicher, dass der Tod diese Regung vernommen hatte. Er reagierte mit einem ehrlichen Lachen.

„Du bist ziemlich tough, Quinn."

Ich erblickte mein eigenes Spiegelbild vor mir, kämmte weiter durch das kurze, schwarze Haar und verlor mich beinahe in den Erinnerungen meines alten Lebens. Wie tough war ich wirklich? Schnell schüttelte ich die aufkeimende Sensibilität und Verunsicherung ab und kam auf meine eigentlichen Gedanken zurück.

„Weißt du, was ich mich viel eher frage?"

Ich legte den Kamm auf dem Tisch vor mir ab, drehte mich herum, schlug die Beine übereinander und blickte den Tod direkt an.

„Hm?", erwiderte er.

„Was hat Burger-Ben in seinem vorherigen Leben verbrochen, dass er in seinem jetzigen mit diesem Test behaftet wurde, den er ja augenscheinlich nicht bestanden hat?"

Der Tod hörte sich meine Frage aufmerksam an, reagierte jedoch mit einem demonstrativen Schulterzucken.

„Das kann ich dir nicht sagen, Quinn."

Enttäuscht senkte ich meinen Blick gen Boden.

„Ich bin lediglich das Taxi in Richtung Strafanstalt. Die einzelnen Schicksale kann ich auch nicht ausmachen."

„Verstehe …", flüsterte ich ein wenig enttäuscht.

Die dunkle Silhouette des Todes beugte sich leicht zu mir herunter, und ich konnte seine Blicke auf meinem Gesicht spüren.

„Vielleicht war er ja in seinem vorherigen Leben der Zodiac Killer oder Albert Henry DeSalvo?", sagte er mit Ironie in der Stimme.

Ich war der festen Überzeugung, dass er mich aufmuntern wollte, um der Situation ein Stück weit die Schwere zu nehmen, und ich gestehe, ein wenig gelungen ist es ihm. Spätestens als seine Lache den Raum flutete, gab ich mich ebenfalls der Leichtigkeit hin.

„Der Zodiac Killer? Ernsthaft?", grinste ich ihm zu.

„Und Albert Henry DeSalvo? Wer um alles in der Welt soll das denn sein?", lachte ich auf.

„Na, na, na, Quinn. The Boston Strangler. Den musst du doch kennen."

„Warum sollte ich den Boston Strangler kennen? Ich habe diese verrückten True-Crime-

Reportagen nie gesehen. Ich bin nicht eine von diesen Fanatikern."

Jetzt lachten wir beide herzlich auf und hielten uns die Bäuche. Ich hätte nicht damit gerechnet, dass der Tag so amüsant und wohlig enden würde.

KAPITEL 5

Jack riss mir den Kugelschreiber aus der Hand und versuchte kichernd auf diesem herumzubeißen. Sein herabhängender Kiefer ließ dies allerdings nur schwer bis gar nicht zu. „Jack, würdest du bitte …" Mit einer schnellen Handbewegung entzog ich ihm den Schreiber und blickte ihn ernst an. „Wir wollen den Einkaufszettel für die kommende Woche fertigbekommen. Außer, du möchtest dich die ganze Woche nur von Kugelschreibern ernähren." Aus der hintersten Ecke der Runde voller Untoter ertönte ein leises Lachen. „Ich möchte euch den Luxus der verschiedenen Geschmacksrichtungen einfach ermöglichen. Ich weiß, ihr benötigt keine Nahrung, aber da ihr sowieso schon so wenig Möglichkeiten habt, solltet ihr wenigstens noch ein wenig geselliges Miteinander und ein paar leckere Häppchen genießen können."

Im Grunde kamen wir nur spärlich voran. Immer wieder kam es zu irgendwelchen Albernheiten, und einige der Untoten wurden von einem lauten Hämmern vor der Tür abgelenkt. Nach knappen zwei Stunden hatte ich den Einkaufszettel so gut wie selbst geschrieben und war fein damit. Somit wusste ich zumindest, dass etwas Produktives und Sinnvolles dabei zustande kam. Somit gab es jetzt so etwas wie eine Struktur in diesen Gemäuern, seitdem ich mich für einen geregelten Ablauf eingesetzt hatte.

Mir war bewusst, dass die Runde sich ausschließlich aus einem verwesenden Haufen verstorbener Persönlichkeiten zusammensetzte, aber ich war der festen Überzeugung, dass man sich selbst nach seinem Tod, gefangen in der Ewigkeit, immer noch nach Regeln, einer Struktur und einem Miteinander sehnte. Nur weil sie das Leben als Sterbliche hinter sich ließen, bedeutete es nicht, dass alles völlig aus den Fugen laufen musste. Als ich soeben dabei war, meinen schwarzen Mantel zu schließen und meine Schuhe anzuziehen, tippte Burger-Ben mir von hinten auf die Schulter.

„Ha!", schrie ich versehentlich etwas lauter auf, nachdem mein Herz vor Schreck eine Extrasystole hinlegte, und drehte mich herum.

„Ben, was gibt es?"

Ich fragte ihn ein wenig besorgt und hielt mir die Brust. In seinem Blick konnte ich eine gewisse Verunsicherung erkennen. „All diese Menschen hier?" Meine Augen weiteten sich erwartungsvoll, und ich wartete gespannt auf die Fortführung seines Anliegens.

„Einige wirken teilweise so – beschränkt –, woran liegt das?" Plötzlich breitete sich Verwirrung auf meinem Gesicht aus.

„Das ist, ich weiß nicht, ich meine …"
Ben schien auf eine verständliche und nachvollziehbare Antwort zu hoffen.

„Vielleicht waren sie zu Lebzeiten schon nicht ganz helle?", stellte ich eine verunsicherte Gegenfrage.

„Oder vielleicht liegt es an der Art und Weise, wie sie verstorben sind. Ehrlich gesagt, ich kann es dir nicht genau sagen", musste ich mir selbst eingestehen und blickte ihn weiterhin an.

„Nimm sie einfach bei der Hand und kümmere dich um sie, solange ich weg bin. Das scheint mir nach einer guten Aufgabe für dich. Vielleicht kaufe ich sogar Zutaten für ein paar saftige Burger ein. Dann könntest du an einem Abend der Woche für deine Freunde kochen", schlug ich vor und war von meiner eigenen Idee relativ begeistert.

Ben zuckte nur mit den Schultern, gab lediglich ein wortkarges und leises „Okay" von sich und verschwand dann im Inneren des Anwesens. Ein wenig bedrückt schloss ich die Tür und lief beinahe gegen eine Leiter. Ich schrie erschrocken auf und konnte dem unerwarteten Gegenstand gerade noch ausweichen. Die Leiter lehnte an dem Vorsprung des Eingangsbereichs.

„Gottes Willen!", rief ich empört auf und blickte gen Himmel, um auszumachen, wer sich auf der Leiter befand, die so dreist vor der Tür aufgestellt wurde.

„Gottes Wille ist das garantiert nicht. Eher meiner", antwortete man mir, und ich erkannte sofort die Stimme des Todes.

„Was machst du dort oben?", fragte ich neugierig. Der Tod warf den Hammer, mit dem er soeben noch einige Nägel in das Gemäuer geschlagen hatte, direkt auf den Boden, haarscharf an mir vorbei.

„Sag mal, bist du denn von allen guten Geistern verlassen? Beinahe hättest du mich …!"

„Umgebracht?", vervollständigte er meinen Satz und lachte dabei belustigt auf. „Du wirst es wohl nie lernen, oder? Und außerdem: Ja, die guten Geister haben mich tatsächlich verlassen. Und das schon seit einer ziemlich langen Zeit."

Zufrieden klatschte der Tod sich den Staub von den Händen und blickte stolz auf das, was er dort fabrizierte.

„Geh mal ein paar Schritte zurück", rief er mir von oben zu und lotste mich mit seinem Zeigefinger von dem Anwesen weg. Ich entfernte mich einige Schritte in die angewiesene Richtung, und erst als ich mich am vorderen Bereich, neben den kleinen Blumenbeeten, befand, schaute ich hoch auf das, was dort vor mir lag. Die alte Aufschrift der Maniac Mansion wurde mit einem großen Holzbrett abgedeckt und zugenagelt. Jetzt prangte ein anderer Name über dem altbekannten Grundstück.

Undead Mansion stand dort in großen und gut lesbaren Buchstaben.

„Passt doch viel besser, oder? Die Dudes dort drin finden das bestimmt auch ziemlich cool. Sam hat damals immer The Walking Dead gesehen. Der wird es lieben!"

Kopfschüttelnd drehte ich mich um und begab mich in Richtung Auto, um mich auf das Wesentliche zu konzentrieren: Lebensmittel anzuschaffen.

„Hier sind doch alle verrückt", gab ich unbeeindruckt von mir und verschwand im Inneren des Wagens.

„Hey!", rief der Tod mir empört hinterher und hob seine düstere Faust in die Höhe.

„Ein bisschen mehr Begeisterung, bitte sehr!"

Zurzeit keine Kartenzahlung möglich –
„Verdammt!", fluchte ich, als ich die Aufschrift des örtlichen Supermarkts am Eingangsbereich erblickte.

Welch Glück, dass sich eine kleinere Bankfiliale auf der anderen Seite der Straße befand.

Ohne mich länger über die momentane Situation, die sich so oder so nicht beeinflussen ließ, aufzuregen, entschloss ich mich dazu, mit zügigen Schritten auf die Bankfiliale zuzulaufen. Als ich die Räumlichkeiten der Filiale betrat, erschlug mich eine gewaltige Wärmewand, und ich atmete einmal tief ein und aus. Die überaktiven Lüftungen an sämtlichen Eingangsbereichen hatten mich schon immer aggressiv gemacht. Wer kam jemals auf diese bescheuerte Idee, Kunden mithilfe einer Wärmewand förmlich zu erschlagen?

Schnell hielt ich nach einem freien Automaten Ausschau und schlenderte direkt auf diesen zu. Neben mir befanden sich nur noch eine ältere Dame und zwei Frauen in der Filiale. Diese schauten immer wieder auf und kicherten wild umher. Eine der beiden trug einen grauenhaft missratenen Kurzhaarschnitt in einem leuchtenden Rot. Der Pony hing ihr in dünnen Strähnen vor dem Gesicht, und die Seiten wurden fälschlicherweise viel zu weit nach oben rasiert.

Verdutzt starrte ich die beiden ebenfalls kurz an, entschied mich jedoch dazu, mich lieber um mein eigentliches Anliegen zu kümmern. Hätte ich solch eine Frisur wie du, würde ich mich lieber still verhalten. So viel Aufmerksamkeit mit solch einer Frisur kann niemand verantworten. Ich steckte die Karte in den Automaten und wartete auf die Abfrage des Pins. Vor mir räusperte sich ein junger Herr in Uniform, den ich bisher nicht bemerkt hatte. Ein Schalter zwecks Kundenfragen und Auszahlungen hatte geöffnet.

Welch seltener Anblick. Ich erinnerte mich daran, dass immer, wenn ich ein Anliegen in Sachen Finanzen hatte, nie, aber auch wirklich NIE, einen Angestellten anzutreffen. Exakt heute brauche ich dich mal nicht, dachte ich mir und fuhr mit meinem Vorhaben fort. Bis plötzlich ein lauter Knall ertönte, und ich mich panisch umherdrehte.

„Aaah!", schrie ich lauthals, und meine Tasche fiel samt Inhalt auf den Boden.

Auch die anderen Anwesenden schrien panisch auf und warfen sich auf ihre Knie.

„Überfall!", raunte einer der beiden Männer. Ein Schuss war in die Luft gegangen und sorgte für Aufregung.

„Schließ die Türen und verriegle sie!", forderte einer der maskierten den Angestellten hinter dem Schalter auf. Dieser kam der Aufforderung ohne Widerrede nach und schloss die elektrischen Türen. Die alte Dame hatte sich in die hinterste Ecke des Raumes verkrochen und hielt sich schmerzerfüllt die Hüfte. Vor Schreck musste sie auf dieser aufgekommen sein. In diesem Alter eine fatale Angelegenheit.

Das Gackern der Frau mit den roten Haaren verwandelte sich in ein verunsichertes Juchzen. Auch dieser Ton verebbte, als einer der beiden in schwarz gekleideten Männer seine Schusswaffe auf diese richtete.

„Schnauze!" grölte er wütend und lachte kurz auf.

„Alter, schau dir das mal an."

Er drückte seinem Partner den rechten Ellenbogen in die Rippen und deutete mit seinem Blick auf die Frau mit den roten Haaren.

„Was hat die denn mit ihren Haaren gemacht?"

Beide lachten belustigt auf und schienen die ernste Lage für einen Moment zu vergessen oder schlicht und einfach zu ignorieren. Ich selbst entschied mich dazu, feinsäuberlich das Schnütchen zu halten. Und das alles nur, weil dieses verdammte Kartenlesegerät im Laden nicht funktionierte.

„So, ihr Süßen", eröffnete der Erste der beiden Maskierten seine Rede.

„Zuerst beginnen wir einmal mit euren Kreditkarten, bevor wir den verängstigten Bank-Fuzzi dazu bringen, den Schalter für uns freizumachen. Wir brauchen Geld – wir brauchen schnell Geld."

Niemand gab einen Mucks von sich.

„Im Übrigen wissen wir auch, dass dieser Stephan dort hinten", der Kriminelle richtete seinen Zeigefinger auf den Bankangestellten, der einen braunen Kurzhaarschnitt und eine silbern verchromte Brille mit runden Gläsern trug, „bereits den Alarmknopf gedrückt hat, und wir haben nur wenige Minuten, bis die Polizei eintrifft. Eine wirklich unkluge Entscheidung, lieber Stephan."

Sein Kumpane lachte lauthals auf. Die Interpretation in Sachen „Stephan" schien ihn offenkundig zu amüsieren.

Einer der beiden Maskierten schlenderte hinüber in Richtung der Rothaarigen und zerrte sie an ihrem Arm herauf.

„Los, steck deine Karte ein und bestätige den Vorgang mit deinem Pin. Und zwar zackig!"

Grob schubste er sie gegen den Automaten. Die Hände der jungen Frau zitterten, und somit war sie kaum in der Lage, den Zahlencode korrekt einzugeben. Ihre Freundin wimmerte unkontrolliert auf und sorgte für eine stetig angespannte Atmosphäre.

Sei leise! Dachte ich mir und hoffte, die Situation würde ein glückliches und schnelles Ende nehmen. Nach mehreren Anläufen hatte sie es endlich geschafft. Einige grüne Scheine ragten aus dem Automaten hervor, und der maskierte Mann griff hastig nach dem Stückchen Papier. Nachdem er das Geld in seiner Tasche verstaut hatte, schubste er die Frau zurück auf den Boden und schaute sich gierig um.

„Hey, Oma!", drehte sich der andere Mann herum und erblickte die ältere Frau auf der anderen Seite des Raums. „Was wühlst du dort in deiner Tasche?"

Fragte er und trat ein wenig näher an sie heran.

„I-ich, ich brauche meine Blutdrucktabletten. Ich muss sie unbedingt immer zur gleichen Zeit einnehmen, ansonsten …"

Genervt unterbrach der Mann die alte Dame.

„Um Gottes willen! Das ist dein einziges Problem in diesem Moment?"

Beide Männer trugen zwar eine Skimaske, jedoch konnte man erkennen, dass sie sich sichtlich verwirrt anstarrten. Ihre Augen verrieten sie.

„Sagt mal, hat denn hier außer Stephan und den beiden hysterischen Weibern niemand Sorge um sein Leben? Hallo? Wir sind bewaffnet", demonstrierte einer der beiden und schoss erneut an die Decke des Gemäuers.

„Ah!", schrie ich panisch auf und machte ungewollt auf mich aufmerksam. Scheiße … Hektisch presste ich mich weiter in die Ecke und winkelte meine Knie an.

„Na, wen haben wir denn da? Du bist mir ja beinahe gar nicht aufgefallen. Hast du Angst?"

Ich vernahm die Erregung in seiner Stimme. Die Todesangst anderer Leute und die Macht über deren Ängste mussten ihn unsagbar stark und mächtig fühlen lassen. Einer der beiden ging vor mir auf die Knie und hielt mir seine Waffe unter das Kinn. Mein Hals streckte sich dabei unangenehm weit nach hinten, und mein Kopf fiel hart in den Nacken. Ich versuchte, die Kontrolle über die Situation zu behalten und mich nicht schwächer zu zeigen, als ich war.

„Du wärst nicht die Erste."

Was genau meinte er damit?

„Du hast mich schon richtig verstanden", flüsterte er mir zu.

Minuten kamen mir vor wie Stunden. Müsste die Polizei nicht schon längst hier sein? Oder hatte der Bankangestellte Stephan den Alarmknopf gar nicht betätigt?

„Hey, Alter! Ist gut jetzt!", forderte sein Partner ihn auf. „Lass uns die Karten und den Schalter leerräumen und dann hauen wir ab."

Doch dieser hielt seinen Blick strikt auf mich gerichtet.

„Was meinst du, wie viele Menschen wir auf dem Gewissen haben, hm?"

Immer fester presste er den Lauf seiner Waffe unter mein Kinn. Ich konnte den penetranten Geruch von Schwarzpulver vernehmen. Er war beißend und hinterließ aufgrund seiner Intensität einen brennenden Tränenfilm auf meinen Augen. Die Iriden des Kriminellen taxierten mich, und ich war der festen Überzeugung, dass er versuchte, mich zu dominieren.

„Er will dich einschüchtern, Quinn."

Doch mit einem Mal fiel es mir wie Schuppen von den Augen. Ich konnte doch überhaupt nicht sterben. Wieso vergaß ich das bloß immer wieder? Ich würde zwar den Schmerz des Deliktes verspüren, aber es würde mich keineswegs das Leben kosten.

„Ich bin so bescheuert."

Plötzlich übermannte mich ein provokatives Grinsen. Es zog sich von der einen Seite meines Gesichts bis hin zur anderen. Meine Zähne kamen zum Vorschein, und meine Augen weiteten sich dabei unmenschlich weit.

„Alter, was ist denn mit der Tussi los?"

Der maskierte Mann vor mir presste mich fest an die Steinwand, die sich direkt hinter mir befand, und sprach drohend auf mich ein.

„Glaubst du, ich mach' Späße, du Miststück? Ich habe eine ganze Zugbesatzung an Menschen auf dem Gewissen, ob du es glaubst oder nicht!"

Mittlerweile drückte er seinen schweren Körper so fest gegen meinen, dass sich sein fauliger Atem penetrant und stechend in meine Nasenlöcher zwang. Angewidert lehnte ich meinen Kopf zur Seite, um diesem auszuweichen.

„Noch nie von dir gehört", gab ich gelangweilt von mir und blickte ihm dabei direkt in seine zusammengekniffenen Augen, diese schienen vor Wut zu kochen.

„Man kann nicht wirklich behaupten, dass du oder besser gesagt wir diese Leute umgebracht haben, und das weißt du auch."

Der Mann vor mir lockerte für einen Augenblick seinen Griff und drehte sich herum zu seinem Kumpanen.

„Sag mal, willst du mich verarschen, Mann?"

Alle Anwesenden blickten immer wieder aufgeregt hin und her. Die ältere Dame wühlte wie zu Beginn in ihrer Handtasche. Anhand ihrer Bewegungen konnte ich nicht ausmachen, was sie dort trieb, jedoch sah es nicht danach aus, als würde sie wirklich nach notwendigen Tabletten suchen.

„Es war mehr so etwas wie eine Eingebung", murmelte der Zweite mittlerweile etwas kleinlaut. „Aber das ist doch mindestens genauso super cool", fügte er noch einmal hinzu. „Ich meine, hey … yo. Wir hätten mindestens ein Dutzend Menschenleben retten können, aber wir haben uns bewusst dagegen entschieden, nur … Chrissy haben wir gerettet."

„Halt deine Fresse!", wurde er von seinem Partner unterbrochen.

Dieser drehte sich wieder zu mir herum und starrte mich wütend an.

„Lass Chrissy aus dem Spiel. Diese ganze Scheißstory hat hier überhaupt nichts zu suchen!“

„Unreine Seelen“, spuckte ich ihm entgegen und lachte dabei hysterisch auf.

Die beiden Frauen konnten ihren Augen kaum trauen. An ihren Blicken erkannte ich, dass sie mich für lebensmüde hielten, und vermutlich war ich es auch. Betrachtete man das Ganze als Außenstehender, würde man die Hände über den Kopf zusammenschlagen.

„Was hast du da gesagt?“, fragte mich der Unbekannte und entsicherte seine Waffe.

„Hey, hey! Mach keinen Scheiß!“ forderte sein Partner ihn auf.

„Na, immer noch so eine große Fresse?“, fragte er mich abwertend, in der Hoffnung, ich würde nach der Entriegelung der Waffe kleinbeigeben. Provokativ presste ich mir den Lauf in den Mund bis zum Anschlag meines Rachens und starrte ihn auffordernd an. Zu diesem Zeitpunkt musste ich zugeben, dass die Beunruhigung mich doch ein wenig packte, jedoch gab es keinen Weg mehr zurück, und ich würde das Ganze durchziehen. Ich hatte einen Plan, die beiden unreinen Seelen für ihr Verhalten zu bestrafen.

Mit der EWIGKEIT.

„Die ist doch geisteskrank!", rief einer der beiden und schien sichtlich überfordert mit der Situation.

„Wir wollen doch einfach nur das verdammte Geld und hauen wieder ab."

Doch der Mann vor mir ließ sich von den Worten seines Partners nicht beeindrucken. Er führte bereits seit einigen Minuten einen stillen Machtkampf mit mir.

„Fpfigst du psie? Diese Chrissy?", gab ich mit dem Lauf in meinem Mund kaum verständlich, jedoch sichtlich provokativ von mir. Ein mentaler Angriff, der seinen Zweck erfüllte. Denn der Maskierte drückte den Abzug, und mit einem lauten Knall spaltete sich mein Schädel in zwei, während Teile meines Gehirns sich auf der Steinwand hinter mir verteilten. Ich konnte die Frauen kreischen hören, und auch die ältere Dame gab einen aufgewühlten Laut von sich. Nur Bank-Stephan war still und reaktionlos.

Innerhalb weniger Millisekunden breitete sich ein gigantisches Ziehen in meinem Schädel aus – tausendmal grausamer als jeder Migräneanfall, den ich jemals in meinem Leben erlitten hatte. Kurz bevor eine gnadenlose Wand aus Schmerz mich zu überrollen drohte, war ich wieder in der Lage dazu, meinen Kopf aufrecht zu halten. Aus meiner Kehle drang ein schräges und schrilles

Lachen. In der beengten und beheizten Filiale breitete sich der eisenhaltige Geruch meines Blutes aus und sorgte für ein gewaltiges Maß an Unruhe. Die Überforderung war dem ein oder anderen ins Gesicht geschrieben.

Belustigt hob ich meine beiden Arme und griff in Richtung Kopf. Meine Augäpfel hingen unnatürlich weit aus meinen Augenhöhlen heraus, und somit war ich in der Lage, diese an meinem Sehnerv entlang in den Händen zu halten. Ich machte mir einen grauenvollen Spaß daraus und fokussierte mit beiden glitschigen Augäpfeln die maskierten Männer. Mein Kiefer war mittig gespalten, und auch meine Zunge suchte sich ihren Weg aus meiner zerfetzten Mundhöhle. Sie bahnte sich ihren Weg heraus, entlang meines Kehlkopfs und sah aus wie eine triefende Krawatte aus Blut und Fleisch. Zu diesem Zeitpunkt war ich mir sicher, dass ich eine erschreckende Ähnlichkeit mit Michael Jackson aus seinem legendären Musikvideo „Ghost" aufwies.

Das Grölen der beiden Männer war unbezahlbar.

„Scheiße, man! Was ist das für ein kranker Mist! Verdammt! Stephan, lass uns raus! STEPHAN!", brüllten beide wie im Chor, doch Stephan schien nicht zu reagieren.

Als ich mich herumdrehte, musste ich zu meiner Verwunderung feststellen, dass Bank-Stephan bereits ohnmächtig geworden war.

„Hey, ihr Vollidioten!", rief plötzlich die alte Dame aus der hinteren Ecke und entsicherte ebenfalls eine kleine Schusswaffe. Gnadenlos zielte sie auf die Köpfe der beiden Männer und drückte den Abzug, ohne zu zögern, zweimal hintereinander. Die Schüsse saßen, und die alte Frau durchbohrte beiden Männern den Schädel.

„Waff fum …?" Meine Zunge hinderte mich daran, vernünftig zu sprechen. Zu meiner Überraschung dauerte es nur wenige Sekunden, bis mein Schädel sich langsam wieder in seine ursprüngliche Gestalt zurückverwandelte. Mit einem kräftigen Ruck renkte ich meine Halswirbelsäule wieder ein und schaute mich zufrieden um. Das funktionierte ja besser als gedacht. Ungläubig starrten mich die beiden Frauen an und verloren kurze Zeit später ebenfalls das Bewusstsein. Die ältere Dame hingegen lächelte mir beeindruckt zu.

„So viel also zu dem Thema Blutdrucktabletten. Nicht schlecht, die Einlage, dafür kommst du allerdings in die Hölle", rief ich ihr ebenfalls entzückt über ihre unvorhergesehene Tat zu.

„Ab einem gewissen Alter zieht die Nummer mit den Blutdrucktabletten immer", lachte sie auf. „Wegen der Sache mit der Hölle, mach dir deswegen mal keine Gedanken."

Ihre Stimme klang brüchig und schwach. Ihre Aussagen und Aktionen hingegen waren selbstsicher und gnadenlos.

„Ach, und übrigens: Deine Show war auch nicht schlecht", gab sie von sich, bevor der Raum sich mit einem grauen Nebel füllte und jegliche Sicht trübte.

Voller Vorfreude legte ich alle meine notwendigen Utensilien zusammen. Ich drehte das Radio hinter mir auf dem kleinen hölzernen Regalbrett auf volle Lautstärke. Tiny Tims schrille Stimme raunte durch den modrigen Raum und verlieh diesem einen unsagbar skurrilen Charme.

„Tiptoe through the Tulips …"

Mit außerordentlicher Leichtigkeit glitt ich von einer Ecke zur nächsten und summte im Rhythmus der Musik mit. Der verchromte Seziertisch vor mir wies zu meiner Begeisterung einen heißersehnten Kunden auf, und ich war mir sicher, dass es jede Sekunde so weit sein würde. Die Leiche hatte ich vorsichtshalber mit Hilfe von Sam an dem Tisch festgekettet. Man weiß ja nie …

Ich beugte meinen Körper über das Waschbecken der kleinen Küchenzeile, die als Ablage in dieser Räumlichkeit zweckentfremdet wurde, und hielt ein Metzgermesser in meinen Händen, welches ich aus einer der Schubladen holte. Plötzlich vernahm ich ein gequältes Stöhnen hinter mir und griff fester nach der Halterung des Messers.

Tiny Tim war am Höhepunkt seines Songs angelangt und unterstrich meine Gefühlslage hervorragend. Voller Vorfreude verformte sich mein Antlitz zu einer unsagbar verzerrten Fratze. Ein breites Grinsen manifestierte sich auf meinem Gesicht, das schwarze Haar fiel mir vor die Stirn. Zu der Musik summend näherte ich mich der stöhnenden Person auf dem Seziertisch und hielt das Metzgermesser provokativ in die Höhe. Der Mann benötigte einige Anläufe, bis er seine verquollenen Augen vollends öffnen konnte, und erst recht bedurfte es wenige Sekunden, bis er realisierte, in welch misslicher Lage er sich befand. Mit einem Mal drohten seine Augäpfel aus seinen Höhlen zu ploppen, und seine verklebten Synapsen schienen sich an meine verzerrte Visage zu erinnern. Sein Kehlkopf begann zu zittern, und ein gewaltiges, tiefes Grölen erfüllte den Raum. Das war der Augenblick, den ich mir so sehr herbeigewünscht hatte. Aufgeregt hielt ich das Messer empor, um dem Moment noch einen ganz besonderen Charme zu verleihen – wie in den guten alten Horrorfilmen. Speichel lief mir entlang des Mundwinkels, nachdem meine verkrampften Lippen vor Aufregung zitterten.

„Willkommen in der UNDEAD MANSION, Arschloch!“, rief ich ihm feierlich zu und lachte gen Himmel, während er sich weiter seine unreine Seele aus seinem verwesenden Körper schrie.

Infinity Gaze Studios präsentiert:

Noch mehr schaurige Lektüre von Lumiel H. Nox

Until Death brings us together

Leandra steckt voller Vorfreude. Nach sieben Jahren der Ungewissheit darf sie endlich ihren Geliebten Arvid wieder in
die Arme schließen. Der Tag der Rückkehr steht bevor, und
die Zeiten des Krieges sollen ein Ende finden. Doch das Wiedersehen verläuft anders als gedacht. Anstatt ihres Partners
läuft die junge Leandra der Dunkelheit entgegen, und diese
hält für sie ein grauenhaftes Geheimnis bereit. Wird sie in
der Lage sein, bei klarem Verstand zu bleiben und dem Bö-
sen zu entkommen?

Eine Welt voller Bücher

Unvergessliche Abenteuer
Faszinierende Charaktere
Neue Welten und Ideen

Bei Infinity Gaze endet
die Lesereise nie!

Jetzt entdecken unter:
www.infinitygaze.com